窓の匂い

前田康子 歌集

Yasuko Maeda

青磁社

窓の匂い＊目次

I

II

前田康子歌集

窓の匂い

I

家具ほどの

秋色のコントラバスよ子に抱かれある時は子に寄り添いくれし

家具ほどの楽器を抱え子は立てり弓を正しく弦にあてつつ

混ざり合う音の流れに探し聴くもっとも低き子の弦の音

靴紐をなおす地面のすれすれに音なく飛べりルリイロシジミ

こっつんと踏んでしまいし椎の実の楕円の感じ足裏にある

北山といえど陽の射す田舎道キバナコスモスそこにもここにも

投げ上げて両手に受けて繰り返す白粉花の落下傘いくつも

何千年坐っていつかわたくしはむささび色の野原の番人

「海号」と名付けたわけではないけれど二台目もまた青い自転車

クロックスはいて息子は出かけ行く「地元の奴ら」に会うを喜び

胸と胸とが

翅の模様くっきりと見せキタテハが秋の花咲く場所を教える

ランナーはそれぞれ遠き眼して信号待つ間の小さき足踏み

夕方のランナー過ぎ行く川道に走るリズムが残されており

鳩のごと胸と胸とが触れてしまう正面から娘が抱きついてきて

角栄の顔の紅潮その訛り原発総理として映し出されつ

白雨降るぼたん雪降る星が降る　降るとう言葉に入り込むセシウム

原発の育ちし時代に残業に追われし父の長き夜ありき

よく切れる方の包丁手渡されひとつぶひとつぶ鬼皮を剝く

腕時計ちらりと見つつ警備員はルドンの前に脚長く立つ

骨格だけ大きな息子だったのだ近寄ればすうと抜ける秋風

冬はいい

我が胸を机となして細きもの並べられたり歯を診られつつ

雨の日を帰り来て機嫌の悪き子よ髪の匂いが我に似ている

遠く遠く月食見むとみひらけば月も球体まなこも球体

雪道に転びし膝を見せながら子の血の色のおとなびている

布と布ふれあうごとき親しさに雪は川面へ吸われてゆきぬ

雪の降るリズムが町に広がりて角から犬が出てきて歩む

白き床傷つけぬため食卓の椅子に小さき靴下はかす

四年経てまた聞こえ来る妹の声高々と百人一首読む

枯れ蔓のからまりし藪その奥にある角度から見える山茶花

田中雅子さん

スタンドの灯りぱちんと消してのち歌集のなかの君こちら向く

足元や手の指先をおぼえてるその指先のままに逝きしか

さようならさえも言えずにただ若く私の中に君の眼差し

狂いたる置き時計の針そのままに狂いし時間に我を遊ばす

冬はいいい　手が冷えたからと差し込んで我の身体であたたまる子は

ひゅうがみずき

楽器ならどんな音色がするでしょうひゅうがみずきに風が触れたり

目の弱き父より先にみつけたる土筆に父はそうかと言えり

3月11日

一年と区切られひとは何を言う　漂流物で空はいっぱい

「日曜はデモに行こう」と聞いたことないような声夫は出しつつ

ダンボール切りて大きく書きし文字「廃炉」を持ちて夫は出て行く

年表に二つの大戦　その間だけを生きけり森川義信

傘すぼめ梅のあいだを歩みゆく爪ほどの花散らさぬように

台湾ゆ戻り来し子の服にある町の匂いも洗いてしまう

もう誰のものでもないというように冬空に凧あんなに遠く

つつじあかり

熊蜂を団栗蜂と呼ぶひとら藤の花房背伸びして見る

芍薬は蜜にまみれてひらけない蕾もあると花師はいいたり

子を先に亡くしし母の二人いてそれぞれの手紙（ふみ）届く春の日

若きまま逝きし二人よ　洛北に山あじさいがもうすぐ咲かむ

雨の日のつつじの白が照らしたり半袖の腕生き生きとするを

つつじ咲きつつじあかりは灯りたり　雨降る町のそこにもここにも

顔のない春のキャベツが売られたりそこに埋もれぬ私の顔も

原子炉がすべて止まりしその夜に巨きな月が日本を覗く

巨き月に吐き出されたるごとくあり　朝の扉に蛾たちの骸

梅雨前はもぞもぞかゆいふくらはぎひるがおの蔓ふれくるように

夢ばかり大きな息子の物語　聞きおればば窓にゆったりと月

好きだったコロッケ屋へと連れて行き僕の住む町教えおり子は

自転車が似合う恋なり川風の吹く町を行く息子とその子

穫りごろのキャベツが植わる畑に来てにおいを嗅げりもんしろわれは

春蟬が遠く聞こえた顔をして起きてくるなり日曜の夫

大型バイク

砂袋引き摺るごとく歩きゆく若きふたりの死を思いつつ

見られいることを知らずに盲目のひとはカップの耳をまさぐる

枝折れて息子も落ちし桜の木十五年経て門に眺めぬ

胡瓜草の真中はほんのり黄なること忘れてしまう指に摘まねば

さくらあめに濡れてきし子は眠りおりスカートの襞みなとれしまま

一日をかけて脱皮したるのに子に嫌われし窓の蜉蝣

閉じし眼にゆらりゆらりと広がれるミツバツツジは春の目薬

十七歳もうすぐ終わる息子いて小さな風はすかんぽ揺らす

前回の怒りがおさまる頃を見て大型バイクの免許がほしいと

破れ目

我よりも娘が先に声かけて説き始めたり呑んで来し夫に

ラベンダーつるしいし壁明け方に蜜のしずくを垂らしておりぬ

小さき地震（ない）に針のとびたることもなし銀のＣＤまわり続けて

蜂の死骸食べさせるというじめ方　映画のあらすじ忘れたけれど

俎板に刻む人参牛蒡葱どんな日暮れも子らをおもいて

地に立てば踵めり込む感じしてはるかみごもりいし夏の日よ

暑過ぎるくらいがちょうどいいと咲く昼顔たちまち二つ三つが

夢を話して笑われたよと十八歳黒きコーラをひと息に飲む

デモにいる父が映っていないかと子は目を凝らす報道ステーションに

喜び合うポイントいつもずれていてまた君のそんな表情（かお）見ている

地下鉄のホームまで来てもどり方わからぬままにオハグロトンボは

腕に抱く書類の角でボタン押しエレベーターを出れば夏空

熱風が顔にあたれど夕風に破れ目ありぬ　そこからが秋

栗の木の箸

栗の木の箸新しくおろしたりひとりの昼餉を飲み込みし音

のんびりとしたる家族と知っていて壁の時計のまた進みたり

チロリアン模様のリボンなつかしく古風な柄を選りて触れゆく

飼われてたうさぎの眼は死んでいた小学校を思い出しつつ子は

「十五分以内にまかない食べること」バイト規約のなかにありたり

「清水御膳」「祇園定食」諳んじて地酒の名前も子は憶えたり

昼間から日暮れのような日射しあり亡きひと誰かそばを過ぎゆく

頭から種をこぼして鶏頭は花瓶のなかにすでに枯れたり

ＣＤがきちんと並ぶその順に小さな恋がしまわれている

横向きに眺めて胸はあたたかな地平のごとし　そこを旅ゆく

形なき紅葉

家族らがでかけて行きし朝の卓　胡椒の粒がかすかに残りて

菱形に吊るすハンカチ　ベランダの向こうの空へ捧げるように

入り口はこちらですかと冬の日の始まる場所に八つ手は咲けり

コンタクトレンズを目より抜き取りて晴れ晴れと空見(くう)つめおり子は

叡電の床に四角く陽はあたり踏まれ形のなき紅葉たち

粉々になりし紅葉をさらに踏み交差して行く冬のひかりと

「いつまでも待っています」とかつて言いき　子も言われつつ恋を終わらす

夏の花の名前を持ちし恋人へ最後の手紙書いており子は

雪虫を手で払いつつ若きらがいちょうの道を通り過ぎたり

毘沙門天大きく立てる入り口に僧の草履の鼻緒の白く

アフリカの太鼓

ポストから少し出ている夕刊と秋明菊が触れて午後四時

二万首を火事に失い一万首さらに残して正徹没す

今日はもう終わりと閉じる新聞に新刊広告『万引きの文化史』

強き香の香水つけて外国の人も歩めり鞍馬の道を

天狗茸は猛毒なれど色白くスタイルの良し標本室に

キーホルダーつけかえただけ　子の声の明るくなりて朝練(あされん)に出づ

皮膚薄くなりたる母が笑うとき骨格透けるごとし冬陽に

一日中口づけていた　使い捨てマスクの裏に薄き口紅

アフリカの太鼓をたたく子のリズム正月の日の気分に合わず

「相棒」とジャンベは呼ばれ革の匂い　昼寝している息子の部屋に

俺らは行かない

ふゆぞらのメタセコイアの円錐形　互いの視線はそこで交差す

甲羅ころんところがるように仰向けに路地に置かるるランドセルはも

古りし木の枠に二月の陽はさして窓それぞれに匂いがありぬ

うどん啜るようにパスタを食べている父の昼餉の短く終わる

ふっくらと落葉の嵩を踏むときに脚に骨あるかたさがわかる

右へ左へ樹木の間を行き来して迷えることを脳は喜ぶ

被災地

若いから俺らは行かない方がいい今から子どもを作る俺らは

食べながら震災報道見ることを子は嫌がれりあの日のように

空白

リュック負えば空きし両腕ゆうらりと風に差し入れ山を降りゆく

プレートの通りに咲く気なんかなく植物園の福寿草あちこち

福島へ夫は三度行きたればそこだけわれに空白がある

耳朶を捻れば視力よくなると言われ目覚めし夜半にねじれり

ごわごわを伸ばし干しゆくジーンズが手に負えないよ息子のように

革靴だけ大人びている十八歳誰の子でもない表情をする

春の雨の雫がつけば桜木の細き先まで目は辿りたり

少女期の記憶のなかに最後まで渡りきれない平均台あり

別々の道を帰りて私だけ紫木蓮の木見上げし日暮れ

ひとつふたつ咲き始めたる桜木に囲まれ広場は水中めきて

雀の重さ

風鈴の音をとがめる一枚が四月を過ぎて壁に貼らるる

姜尚中、井上靖の書く母を読みくらべてのち作れる韓国海苔巻（キムパ）

家具ほどのカホン背負いて帰り来てたたき始めぬ息子のリズム

砂浜にサリーをひろげ干す写真6メートルもありしその布

ひと茎の八重のドクダミ差し出せば造形的と泉さん言う

古書店に入れば小声で話したり強き西陽に呼吸（いき）する紙は

地平線の続きのように置かれたり麦わら帽子誰かを待ちて

えのころの茎にはとまれずはばたけるままに雀は穂を啄ばみぬ

つぎつぎに草が撓いて草はらに小さき雀の重さが見える

雀らの羽音につづき紋白もくす玉割れしごとく出で来る

たくさんの人の向こうの花束の中の夫を老母のごと見る

壇上に夫の話終わる頃帰りの切符失くすに気づく

ムラサキケマン

ばらばらに家族帰れるその度に百合は匂えり扉の開きて

ぷっくりと涙袋のふくらみぬ桜過ぎれば十五のこの子

母ならば用ありし店真昼間の「あらいはりや」ののれんは揺れて

生垣にからたち這わす家多く触れないように細き路地行く

若き日は脚が勝手に動いてた素足につっかけはいてそのまま

二つずつそろえ売らるる豚の足コリアン市場曲がりつつ来て

人権を守れとデモの声荒ぐそのなか抜けて行く韓流ショップ

靴裏に貼り付いている桜花　足音やさしくなりて誰もが

どの向きに咲いているのか分からないムラサキケマン指に触れつつ

公園に忘れられたる一本の縄跳び鳩が跨いでゆきぬ

顔だけをペーパーバックで隠しつつ眠れる人を風は撫ぜゆく

下鴨の古本市へもいつしかに行かなくなりて夫との日々は

帆の白き船のマークの参考書その出版社もすでにあらざり

小さき穴

貧血の少女のように色抜けて赤つめ草は花瓶に萎る

青き茎はりめぐらせて力強しあじさいの花裏側の見え

採血され腕に小さくあきし穴すぐにふさがり午後を歩めり

ひぐらしが遠くで鳴きて忘れそうになりし日傘へ引き返したり

稲の花咲き始めたる田に来れば稲より高く草合歓の花

無人にて売られし茄子も陽にぬくくなりて残れるふたつみっつが

音程の狂わぬように真夏日のトランペットへ風当つる子ら

タカサブロウ

かちゃかちゃとアルミの食器鳴らしつつ韓国ドラマの朝食終わる

今日塾は休みといいてキムチ漬け気のすむまでを食べる娘は

獅子唐の星の形の花白し子の通学路を歩いてみれば

いつ来ても遠くを見てるひまわりが振り向きそうな今日の夕風

いつからか星座の名前を忘れゆく寂しさに似てつゆくさの青

タカサブロウ、モトタカサブロウに我会えずアメリカタカサブロウにもまだ

返事してくれるわけなく夕暮れを再び端から探す自転車

日韓の化粧品混ぜ朝ごとにひとつの顔の出来上がりたり

貝殻のように

細やかな冬の光の川の面を鳥のようなる顔つきで見る

街灯に照らされていし畑土に大根の葉は夜を見ひらく

元旦の空の広さに釣り合わぬミニハボタンを門に置きたり

紅玉のふたつが頭を寄せ合いて朝を迎えぬ新しき朝

糸を引く人の姿がどこからも見えねど凧は中空を行く

背後から母が私に囁けり首のうしろに肉がついたね

「歳月不待人」の「人」の字が廊下の風に少し動けり

貝殻のように落ち葉をくだきつつ受験期の子は早足に行く

タカサブロウ、モトタカサブロウに我会えずアメリカタカサブロウにもまだ

返事してくれるわけなく夕暮れを再び端から探す自転車

日韓の化粧品混ぜ朝ごとにひとつの顔の出来上がりたり

貝殻のように

細やかな冬の光の川の面を鳥のようなる顔つきで見る

街灯に照らされていし畑土に大根の葉は夜を見ひらく

同じ窓に同じ冬空はまる日々珈琲の粉少しずつ減る

大蛇の夢

雪の夜は血管青く透けながら二つの乳房寄り添い合えり

プルシェンコ腰を押さえて棄権するときにきしめりわが腰痛も

小高賢さん、急逝

ウィキペディアの君の項にすみやかに没年月日加えられたり

大蛇（おおへび）に追いかけられたというその夢は性的なものと子には教えず

爪先の丸き子の靴玄関に気弱そうなり受験の前夜

時差少しおきて実は、　と話し出す　子は三日前の恋のつらさを

相手より自分の心の分析が上手くなりたり恋の終わりに

胸のうち整理するごと引き出しを片付け始む雪の夜に子は

古くさき婚前旅行といぅことばＴＤＬに息子と彼女

しんしんと広場に桜ふくらみて白夜のなかにいる心地する

桜花プラチナ色に光る夜若過ぎし死者思いつつ行く

義肢つけて泳ぎ始めしウミガメは歓声のなか表情変えず

この町の駄菓子屋二軒潰れしを嘆いておりぬ兄と妹

駄菓子屋に飼われておりし老犬も女主人とともに去りたり

窓を開け窓をまた閉め夫も子も知らぬ私の一日終わる

針　山

日本列島梅雨に入りたる地図のなか首（こうべ）のようにのこる北海道

美山にて

ふっさりと茅葺屋根のある里に鉢かつぎ姫我は思えり

ゆっくりと曲がれる道に咲き続くマーガレットさえ華美なり里に

雨染みる茅葺屋根とその里を思うことあり人混みにいて

空気抜けしような寝顔の母なれど憂い少なき日々と思えり

魚のごとぺたりと眠りいし母の我より先に起きて米研ぐ

針山のなかに毛髪入れし母か何年たちても錆びずに針は

午後からは風はやみたり部屋中のものが遺品のごとく鎮もる

私だけ呑気でいよう　口腔に闇を吸いつつ家族ら眠る

滝水のような涼しき音のしてパチンコ店のドア開き閉づ

本物に近き食品サンプルとおもい触れれば砂糖の手につく

京扇子ぱちんと閉じしのち静か　螢を見ずに六月終わる

II

ドクダミサラダ

駐輪場のわずかな土をドクダミの葉は縁取れり　夏が近づく

ちぎりたるドクダミの葉をサラダにし食べる国ありアジアのどこか

誰彼の陰口言いてだんだんと声より母は元気になれり

寝言いう母のその声母よりも老いたる男の声に聞こえる

當麻寺

一日中墨磨る係りの人もいて写仏の部屋の片隅に坐す

筆の線太くなりたり御仏の顎描く時に集中力切れて

佐太郎の「あゆみさかりて」の字の中に花びら挟まる歌碑を見ており

大原、柴漬け

ちそと言いしそとも言いて八百年大原に紫蘇大事にされて

紫蘇と茄子一気に塩と混ぜおれば金の指輪もつるりと光る

赤紫蘇をリュックにもらい帰るときバスに運ばる大原の香は

ぷにゅぷにゅを指で押したりなつかしき洗濯糊がいまも売られて

水に溶き母が使いし古き世の洗濯糊を我は買わねど

父好みのかたさの糊をシャツにしてアイロン滑らす母の手仕事

産み月の近づきたれば静かなる隣家のために風鈴はずす

臨月の腹よりドアに吸い込まれ隣人地上へ降りていきたり

白きソックス

にこやかに手渡されている街角で尿漏れパッドの試供品ひとつ

十代も終わらむ息子金なくて味付け海苔をばりばり食べる

夏帽子買いに行くらし水曜は　母に予定のあること嬉し

小さくても母に予定のある日々よ　青葉の向こうに透けている夏

植物園前に咲きたるなずなたち中へ入れずぽわぽわと揺る

ＴＤＬ

前かごに運ばれて行くフリージア光の筋を町に引きつつ

部屋干しのタオルに一日染みてゆく黄の水仙の細き香りが

大根の葉腐りしままの冬畑は兎の小屋の匂いに似たる

去年着しTシャツの柄幼いと言いながら子は夏を待ちおり

寝返りを打つ夜具のなかナンプラーの匂いが身体のどこかに残る

中学の三年間のソックスの白きを捨てる子は惜しげなく

真っ白なハイソックスの似合いいし日々懐かしむ子よりも我が

鹿肉

新聞紙につつまれごろんと届きたる鹿肉ありて昼間うろたう

まな板に鹿の血黒く沁み出して刃をゆっくりと差し入れる夫

巻きつくというよりしがみついている細かき花よサオトメバナは

幼子はエアータオルの強風にとばされそうに目をつぶりたり

長髪の息子のように暑苦しうじゃうじゃ広がるアロエの茎が

姿勢よく静止している鳩たちを遠くに見つつ広場横切る

手のひらにオシロイバナの種のせし少女の眼も黒々として

「毒親」とうネーミングあり傷つけられし子ども再び親を傷つく

棘大き苗を選べば大き薔薇咲くと言いつつ母は植えゆく

呪文

新顔のお前がここに来た日から干し草の香は部屋に沁みゆく

今日も言葉かわせぬお前　干し草をケージの外へ口で放れり

ピンと張る二つの耳が陽に透けて血管縦に走りておりぬ

三ヶ月経てば思春期なるうさぎ　マウンティングに子は驚けり

額の毛薄れゆくほど撫ぜまわし少年うさぎを静かにさせる

冬の日が動きて午後はまな板の細かき傷も乾いてゆけり

パーティの人らざわめく後ろ側薪のように割り箸捨てらる

冷たかる肩の辺りに刃をあててまわしていけば剝けるりんごは

父の古き魚拓に似たる雲のあり冬のはじめの空開け放たれて

疲れ果て眠る夫にかける呪文ツルウメモドキサルトリイバラ

ワンピースと血

朝顔の一枚続きの花びらがはりつめている九月の夜明け

ふた色の付箋つけられ一冊はいそぎんちゃくのようにそよげり

子は映画学科に通う

三日かけペンキを塗りてノブをつけ密室現場の扉はできぬ

蜂蜜と食紅を混ぜコンロにてとろとろと子は血糊を作る

豚の血を使うこともあるその時の現場の臭いに耐えられぬらし

ワンピースに血糊ぶちまけ死ぬシーン撮りたる夜に子は興奮す

昨日四人今日三人のひとが死に密室殺人の映画撮り終う

ピンホール眼鏡の黒きを子にもらいかければ蠅のような顔なり

少しだけずらして蓋をのせている鍋より何かが見ている夜更け

言い返せなかった口をロバのごと動かしてみるマスクの中で

風吹いてコスモスみんな後ろ向き　空の真下に取り残される

1月17日

焼け死にし妻に供える氷水二十年を人は老いつつ

長田の町描き続けた祖父も絵もなくなりしことさえも遠のく

ふきのとう味噌

薄暗き獣舎の壁に寄りかかり怠惰な午後がキリンにもある

下膨れの顔してうさぎ　運命を見透かすような眼差しをする

次々と咲かせるために引き抜けりシクラメンの蛭色の茎

春巻きの三角のかど閉じてゆく手紙いくつも封するように

新しい電球の下読みきれない表情をして家族それぞれ

整腸剤大瓶この朝からとなり家族の身体に溶けし三五〇錠

ドイツ映画「ブリキの太鼓」

少年の奇声がガラスを割り続く狂気のごとし花散りゆくは

「命の保証はありま」で切れるオカルト研究会部員募集ポスター

よれよれの夫のために一匙のふきのとう味噌ごはんにのせる

葉牡丹に薹立ち風が吹き抜けてさあどこへ行こうこれから私

アレッポの石鹼

パワーウィンドウ下から上へしまりたり鳥の目蓋が閉じゆくように

身体から消毒薬の匂いする自死せしひとの曲ふいに流れて

速報のニュースのことは口にせずアラブ音楽かかれば踊る

この床に置かれたのでなく生えてきた形に立って踊れよという

人質のその後をネットに追いかけるシーシャくゆらせムハンマド氏は

ルミノール反応の色して夜の桜　狂いても誰も傷つけぬ花びら

内戦で壊滅したるアレッポの石鹼日本にまだまだ売らる

アラビアの文字美しく彫られたる石鹼ごろりと風呂場にありて

手鏡に狭庭の花も映りつつ噏下体操母はしており

花散れる石段昇りてきたりしが陵墓の前に砂利静かなる

石垣の多き里なり大原は　石の間に生えたるすみれも多し

出かけてる間に一度もどり来しか　微量のパン屑机にひろう

セールスに不機嫌になる声のまま受話器をとれば義母の声のす

くつべらの長さほどなるセロリもち急がず帰ろう春の日暮れは

髪の先っぽ

うさぎの尿濃く匂いたる朝が来て七十年目の八月となる

鬣は風になびけるものなれば原爆絵図のそこに火がつく

広島の１・３倍　入念に計算されし高度５０３メートル

放射能よりも注目されいしは衝撃波（マッハステム）と今さらに知る

映画「黒い雨」

髪ごっそり抜けるシーンでヒロインの白き胸元あらわとなれり

爆心地をたどりし眼は港へと豪華客船入り来るを追う

坂道にコルベ神父を商売にしている店あり十字架ならべ

長崎に買わず別れしマリア像夜道の灯りに細く顕ちくる

尻尾いつもおもちゃ箱から飛び出してゴジラのゴッゴッ淋しきイボイボ

夏という誰かを待ってるような時間　夾竹桃の毒つきるまで

18禁の映画を撮るとう子の話くくった髪の先っぽで聞く

夏至の陽に照らされており命綱つけず瓦を葺きいし職人

わが影のふと近づけば水面にぶつかり合えるアメンボたちは

ピノキオのごとく折れたる脚のこと雨に光れる道に思い出づ

自らの首に薄布かぶせつつ試着室にて夏服を着る

お茶せっけん

隣家より煙草のにおい流れ来てうさぎは鼻をしげく動かす

顔よりも大き口開け鯉の群れちぎりしパンを水ごと呑めり

何にでもアロエをちぎり塗りくれし母を思えり寝苦しき夜に

掃除機の中に家族の抜け髪は絡まりあいて縄のごとしも

映画「野火」

一等兵演じる俳優　美術さんが作りし人肉口に入れたり

エンドロールに男優の名の続きつつ最後の方にフィリピン戦友会と

人間は何を食べたらいいのだろう「野火」見しのちのスーパーの灯り

携帯に探せど友の二度目の姓わからなくなり「あ」より辿れり

駆け込みし我に驚き少しだけ身震いをする夜のエレベーター

ヘアカットのついでのように美容師は鉢の小枝を音立てて刈る

立秋の空をつぶさに映しおり古きボートに雨水たまり

8月12日

裕子さん逝きし夏よりすこしだけ涼しき今年曇り日多く

「お茶せっけん」使いしことなど玄関に話してそれが最後となりき

ストッキングの網目の肌に風が吹き夏は黙って行ってしまった

焼きたてカレーパン

わが腕を唐突に打つ野あざみの　激しさならばまだ胸にある

シンクへと細く落ちゆく梨の皮生きいるように波打ちながら

運転はまだ若い父三角のキリンソウの頭をそよがせながら

右岸左岸どちらか翳る秋の日に待たせておいた自転車冷えて

てきぱきとグレープフルーツ食べ終えて車輪の形が皿に残りぬ

兵役に短髪となる俳優の写真もいいと保存しており

この世から２００グラムの我が消え体重グラフなだらかなりし

膝高くあげて林を歩みたり次第に踊りのしぐさのように

我よりも仕事こなして盲導犬朝の歩道をゆさゆさと行く

子離れがずるずる先へ延びてゆく焼きたてカレーパンにまた並び

極暖

色悪くアロエの花の咲く路地を歩み過ぎつつ振り向く我は

ユリは深くラナンキュラスは浅く植えよ園芸店に図は貼られたり

ハンガリー映画「サウルの息子」

ガス室に重なり倒るる裸身　さらに「部品を片付けろ」と声は

切りつけられしように背に赤き×ユダヤ人なる目印として

腰骨は半身支え歩みたりホロコーストより解放されて

如月に陸奥へ行く予定あり夫は極暖（ごくだん）という下着をつけて

今朝いともたやすく切符なくしたる右の手の指ひらひらさせる

自分へと餌やるように三粒の丸き薬を放り込みたり

肋骨は蛇腹と言われ冬の午後レッスン室に伸び縮みする

如月のジャングルジムが少しだけ柔らかくなり僕は佇む

風を捨てたり

動物園に来るのはいつも昼なれば顔を隠してコウモリ眠る

かざすだけでドアは開きて水は出て　いつか消えゆきそうなてのひら

ひと去りしのちもうなれるエアータオル小さき風をだれか捨てたり

緑茶(グリーンティ)の味は馬の尿と　東洋人を馬鹿にしたる場面に

映画の中の台詞なれども「石女(うまずめ)」と罵る声が残りていたり

宇陀　大野寺

霧雨に目は慣れてきて磨崖仏　線やわらかに岩肌に立つ

宇陀川の浅き水音ひびく岩に線刻されし御仏見ゆる

真下から川の光が照らしたり日傘のなかに籠もれる頬を

朝捨てし玉子の殻にうっすらと何か溜まりて光る日暮れは

手袋をはめて木箱に仕舞いゆく永久（とわ）にみごもることなき女雛

ブランコがかわりばんこに揺れるたびこちらへ押し出されてくる春

アイロンのいらぬハンカチ

ああそろそろ自分の手首に飽きてきた　細い鎖を巻きつけてみても

そこからは動けない風　半分に切られし林檎うつぶせたまま

胴太き蛾が執拗に飛び続く古き映画の部屋の灯りに

笠智衆の物真似ばかりしていたら夫よすぐに老いてしまうよ

軍人の名を残したる坂道がアイドルの名となりて叫ばる

柿に刃をあてたる時にようやくに蔕のなかから逃げ出す蟻は

ある夜は薔薇咲くように皿の上に剝かれし皮が渦巻いている

アイロンのいらぬハンカチそんな風にたやすくもある今日の心は

橋すこし揺れて気づけり川風の空洞の上立っていたこと

木の肌を細かく描けるひとのそば午後の雀が近づきゆけり

水鳥が来るのを待ちいしカメラマン草の向こうに小声で話す

つやつやと美男蔓の実のさがり冬が来るのだ黙っていても

香りつきナプキンならぶ春の日よＩＳに女拐(おみな)われ続けて

スターバックス

曇り日の今日少しだけ走る距離のばして出会う鴨の親子に

親鴨に見守られつつ子鴨たち強き流れに桶のごと回る

雨のあとの激流しぶきたる中へセグロセキレイふいに飛び込む

骨格を大きく使い羽根ひろげアオサギ一羽むこう岸へと

毒のあるエゴノキ隣家の境目に植えてもいいでしょうか（匿名）

家にいる同じ動作で盆にのせ夫へ運ぶスターバックス

杯を持ち大きく笑う一彦氏つられて我も大き声出す

時として隔たるための壁にする頬杖ついて髪を垂らして

題詠「焼」三首

それほどのさびしさだった　焼売のグリンピースがぽろんとはずれ

焼けのこりしマリアの顔に二つ空く洞、そこから見つめむこの世を

たこ焼きのプレートこわれ家族四人集まる時間少し減りたり

梅花藻は水陸両用なる花と冷たき水に触れて確かむ

いつの間に夏草川を隠したり　子の勢いが夫を支える

裕子さんにも聞いてほしかったああ止まることない息子の大口

産みしときの痛みほどなるよろこびを二人子ときに我にくれたり

アロエの花

弱々しきひかりで照らす自転車は誰も通らぬ新年の道を

座りいし角度のままか　川の辺に赤き座椅子の捨てられてあり

靴の裏にはさまる木の実一点に我が身の重さ感じつつ行く

赤子負うように後ろに手を回す背中のリュックにものを探りて

肉食べし歯をみがく夜半いちまいの肉切り食べし我と思いて

ホロコーストの映像

透けそうに人は痩せつつ眼球は丸さ保ちて顔にありしも

曇り日の壁薄寒くオレンジのアロエの花はもたれるでもなく

次の死者待ちて墓石の表面はつるりと冬日跳ね返しおり

『星宿』の佐太郎気弱くあゆみけりその歳さえも父母過ぎて

あたたかき自分の髪に顔を入れ快速電車に眠り続ける

ひめむかしよもぎ

全方位から吹いてくる青嵐　五十回目の夏が始まる

閉経とう文字見つめれば身の奥の小さき門がぱたりと閉まる

ジーンズに黄色の付箋つけしまま　バスに揺られて駅まで行けば

倉本修さん

装幀家老いて小さき丸眼鏡　歌人(うたびと)我らも傍らに老ゆ

午後二時のつゆくさ閉じて貝のよう緑ばかりの原っぱとなる

地面まで届きし胴長ひょうたんよそこから先はどこへいこうか

狭き場所を喜ぶように六、七と蜆蝶来て飛び続けたる

後姿はどこかさびしい亀も鴨もそれを川に見て立つひとも

鶏頭がむくむくふとる路地の裏母はこの頃子規を読みおり

はじめからいなかったようヒグラシの声も私も消えて山道

ひめむかしよもぎがしたる物語聞きつつ眠る秋の日誰か

年寄りのひと

木の皮のようにはがれしクロワッサン朝食すみし卓の白きに

誰かの顔撫で回すごと拭いている炊飯ジャーの銀色のふた

L.L.Beanのリュック出できてその中の釣り大全もともに子は捨つ

コーラ飲むほどもう若くないだろう　息子にぽんと手渡されても

輪郭がどこか斜めな父となり車のそばに我を待ちいる

座るでなく転ぶでもなく母がするおきあがりこぼしのような動き

戦争に長男三男うしないて幼き遺児を蛇笏は詠みき

五、六匹トイプードルを散歩させ波立つごとし動く背中は

破れ目がいいジーンズ、芭蕉の葉　隅から隅まで十月の空

２０１６年11月２日

舞台挨拶見ていた頃に運ばれて脳の手術を受くとう母は

元通りになるのか母は　半分が欠けたる絮毛見るのもいやで

母のこと不安なる夜繰り返しうさぎを抱けば爪たててくる

カマキリの卵が壁につくを指す何を話していいか父は迷いて

「いつも来る年寄りのひと」と父を呼び母の話は辻褄が合う

シナプスがばらばらとなり哀しかる夢へと変わる　いちょう金色

ツィードの靴に枯れ草つけたままただ歩きたり母病める日々

白鳥病院

冬庭に透けて光を集めたり紫陽花ついに繊維となりて

如月の林を行けば一斉に薄目をあけて木々は見ており

椿の葉日向にひかり鵯は静かにできず声をあげたり

林床の落葉や小石押しのけて節分草の芽は出るという

うぶ毛のみ動かすような風が吹き渡り終えたくない橋がある

渡るたび我に伝わる胴震い橋はいつから橋をやめたい

わからないことがわからない母よシーツの上に靴を置かないで

繰り返し母がとなえる家族の名聞きつついつか眠くなりたり

羽根切られ病院裏に飼われたる白鳥柔く頸を廻せり

白鳥の羽毛がフェンスに絡みつきここまで母は歩いて来れず

春の雲つめて作らむ砂時計「あと10分」がわからぬ母へ

どこの爪切るのと母は探したり靴下履いた足を不思議そうに

ただ一度我が傍過ぎしルリビタキその青色で手紙を書かむ

わずかなる緑を長く食みており群れを離れし鹿は川辺に

「お客様を見下ろしてはいけません」夜のレストランに働きて子は

何の薬か誰にも訊かれず夜毎のむ白き袋のしわばみてきて

息子の映画「Groovy」

真昼間の卓へ札束剝き出しに置かれてあれば小道具なりし

それでいいんだ

イーゼルを林に立てて描ける人　どの樹をあなたは選んだのですか

春の日にちょこっとありし空き時間　壁のようなる河馬の背ながむ

泥土もすくいそのまま食べる河馬それでいいんだそんな感じで

羊の毛をつまみ引っ張る子もいれば指差しこみて深さ測る子

夫を陽に当ててきたという友のいてこもりて書ける我が夫思う

食べ物とおむつの匂いの病棟を繁華街にてふいに思いぬ

二月（ふたつき）を通じなかった「みぎひだり」今日はわかりて母が右向く

人声が腰の辺りに漂えり　老人（おいびと）ラジオを鳴らしつつ行く

二人の子の卒業し行く春の日を真白き真珠ぎゅっと連なり

チョコレートに飾られていし白きリボン髪に結びて子は宴へ行く

三日月のように丸まりていく母よ老いて病みても我を照らせり

誰か落としし氷一片（ひとかけ）　明け方の床に小さきみずたまりなす

あとがき

二〇一二年から二〇一六年までの作品四四一首をまとめ、一冊とした。タイトルは「古りし木の枠に二月の陽はさして窓それぞれに匂いがありぬ」からとった。中高生だった子供たちも大学生、社会人となり、私自身もその間に五十代となった。花の歌があまりに多く大幅に削った。息子が映画学科にいたので映画の歌が多くなったようにも思う。

去年の秋頃から写真にはまり小さなカメラでいろいろなものを撮っている。デジタルのカメラにフィルム時代のレンズをつけて少し古めかしく写真を撮るのが楽しい。

一つの被写体を３６０度から眺めて撮るから物を見る訓練になっているように思う。別に絶景といわれるところに行かなくても、陽の光があたるだけで美しい世界が間近にあることに驚く。調子がいいときには写真を撮りながら歌を考えていたりする。

いい写真は、音や物語が聞こえてくることがだんだんとわかってきた。詠むことや撮ること、時々踊ること、どれも私が好きな自己表現で、そのような時間を持つことができるのを幸せだとつくづく思う。

最後になりましたが、『色水』でお世話になった青磁社の永田淳さん、画家の森島朋子さんに再びお力添えをいただきました。又、加藤恒彦さんに初めて装幀をしていただきました。厚くお礼申し上げます。

二〇一七年十月

前田　康子

塔21世紀叢書第315篇

歌集　窓の匂い

初版発行日　二〇一八年一月十五日

著　者　前田康子
京都市左京区山端大城田町二〇ー六〇六（〒六〇六ー八〇〇二）

定　価　二八〇〇円
発行者　永田　淳
発行所　青磁社
京都市北区上賀茂豊田町四〇ー一（〒六〇三ー八〇四五）
電話　〇七五ー七〇五ー二八三八
振替　〇〇九四〇ー二ー一二四二二四
http://www3.osk.3web.ne.jp/~seijisya/

装　画　森島朋子
装　幀　加藤恒彦
印刷・製本　創栄図書印刷

ISBN978-4-86198-397-9 C0092 ¥2800E